玩偶奇幻歷險記
DUMPDOLLS FANTACY

陳昱達 著

目錄
CONTENTS

第 01 章

從垃圾堆裡逃出的玩偶

　　城市裡的垃圾車，收完了垃圾，慢慢地駛進焚化爐工廠，正準備把裝滿的垃圾倒進焚燒爐子裡了，這時候一隻玩偶從垃圾堆裡逃了出來，騎著早已髒污成灰色的白馬，沿著工廠的管線溜出去。

　　騎士玩偶：「小白馬感謝你跑得快，不然我們倆都準備燒成灰了。」

　　小白馬猛然地點了點頭，似乎是非常認同騎士玩偶的話。

　　騎士玩偶無奈地看著工廠裡的垃圾車，原來它是被主人拋棄的玩偶，原本也是過著非常開心的日子。但終究還是被丟棄了。

騎士玩偶就這樣漫無目的地在大街上閒晃，似乎是想再一次尋找新主人，只是身上髒成這個樣子，沒有人會喜歡他們。騎士玩偶決定離開這個傷心的城市，就這樣與小白馬離開了。

第02章

遇見伙伴

　　剛離開焚燒爐不遠的騎士玩偶，在路邊發現一隻被丟棄的稻草人娃娃，騎士拍了拍娃娃說：「醒醒呀，稻草人，你還好吧？」

　　稻草人娃娃揉了一下眼睛，睡意正濃地說：「好得很。」

　　騎士玩偶：「你怎麼睡在路邊呀？」

　　稻草人娃娃：「我住在這兒的。看，那街角的紙箱就是我家。」

　　騎士玩偶：「你也是被丟棄的玩偶嗎？」

　　稻草人娃娃：「是呀，好久前的事情了。」

稻草人娃娃：「你們上哪去呢？」

騎士玩偶：「暫時還沒想到。」

稻草人娃娃：「那我可以跟著你們嗎？」

騎士玩偶：「當然可以呀！」

　　就這樣，騎士玩偶遇見了第一位伙伴，沒有理由與目的地出發去探險。

第 03 章
樹林裡的小木屋

　　天空下起了大雷雨了，騎士玩偶和稻草人娃娃不敢在路上逗留太久，一路上尋找有沒有可以避雨的地方，也躲著嚇人的閃電，擔心在空曠的馬路上被劈個正著。這時候在離騎士玩偶一行人不遠處，他們發現了一間似乎荒廢許久的小木屋，大伙們盡快躲進了這間小木屋。

　　玩偶騎士：「這裡似乎是很久沒有人住了。」

　　稻草人娃娃：「都疊了一層厚厚的灰塵了，應該是沒有吧。」

玩偶騎士：「這雷雨下那麼大，不曉得下到什麼時候呀？」

稻草人娃娃：「反正我們也沒在趕路，就等著吧。」

玩偶騎士：「說的也是。」

稻草人娃娃：「就睡一會兒吧。」

三隻玩偶就在這間樹林裡的小木屋小憩了一下。

第04章
馬戲團玩偶車隊

　　不到一會兒，小白馬聽見木屋外面傳來了許多馬蹄聲音，騎士玩偶也聽見了，爬起來在窗邊偷偷的觀察著。原來是一群馬戲團玩偶的車隊，有大象玩偶、獅子玩偶、小狗玩偶、猴子玩偶、猩猩玩偶。全部都是由青蛙先生玩偶的馬車載運著。騎士玩偶興奮極了，真的是好熱鬧呀！騎士玩偶顧不得稻草人娃娃正在熟睡中，開門跑了出去。

　　騎士玩偶：「你們好呀。」

　　青蛙先生玩偶：「你好呀，騎士先生。」

　　騎士玩偶：「請問你們要上哪兒呢？」

青蛙先生玩偶：「我們要去沿海的城鎮表演呢。」

騎士玩偶：「那麼有趣呀。」

青蛙先生玩偶：「你有興趣加入我們嗎？」

騎士玩偶：「當然有的。」

這時候騎士玩偶趕緊進去小木屋將稻草人娃娃叫醒。但怎麼搖也搖不醒他，索性就將稻草人娃娃抬上小白馬，匆匆忙忙地跟著青蛙先生他們的車隊出發了。

第 05 章
玩偶馬戲團訓練

　　一行人在崎嶇的道路上，走了許久，才到這座有點規模的城市，這座城市的居民不多，因為四面環山，所以也鮮少有新的居民入住，可說是座與世隔絕的城市。

　　雖說這裡看馬戲團的人不多，可能要再更大的城市才會遇見比較有錢的人來欣賞。但青蛙先生玩偶畢竟是要養一整車的團員，所以就在這座城裡租了房間住下了。

　　這時的稻草人娃娃醒了，騎士玩偶沒多理它。

稻草人：「我睡多久了呀？」

騎士玩偶：「很久很久了。」

稻草人：「是呀，那我一定錯過了什麼。」

騎士玩偶：「對的，你錯過了玩偶馬戲團。」

稻草人：「天哪，那真是太可惜了。」

騎士玩偶：「等一會兒，馬戲團要排練了，你想一起來嗎？」

稻草人：「喔，不了。」

就這樣騎士玩偶就往馬戲團的主帳篷走過去了。

在裡面發現大象玩偶、獅子玩偶、小狗玩偶、猴子玩偶、猩猩玩偶。都早就排隊排好了，等待著馴獸先生玩偶的教學。

馴獸先生玩偶是這座馬戲團非常資深的團員了。

過了一會兒，馴獸先生玩偶終於來了。排好隊的團員們，深深地向老師說一聲老師好。而且是非常有禮貌地。

大象玩偶的特技是踩彩球。很大顆的那種！

獅子玩偶的特技是跳火圈。越跳越小圈喔！

小狗玩偶的特技是咬盤子。一次咬非常多！

猴子玩偶的特技是算數學。超級聰明傢伙！

馴獸先生玩偶問了一下騎士玩偶說：「你也想要跟我們練習嗎？」

騎士玩偶說：「那當然沒問題！」

就這樣騎士玩偶也開始了馬戲團的訓練囉。

第06章

華麗的白馬騎士

　　在經過流浪洗禮的騎士玩偶，遇到了馬戲團車隊，在團裡的這段時間，除了練習表演外，還把之前都髒到不行的小白馬梳洗一番，瞬間變成了華麗的小白馬。就這樣準備展示這段時間的辛苦練習了。

　　這一天馬戲團棚內擠滿了準備看戲的人們，進場的樂聲響起了，騎士玩偶騎著小白馬，華麗地登場了，它是無人可取代的主角呀，騎士玩偶先是繞場了一圈開始準備表演了，先是簡單的跨欄跳躍，小白馬輕輕鬆鬆的跨完一整排的欄杆；接著騎士玩偶秀了萬劍穿心，距離好幾十公尺的地方，一次射出三支

都中靶心，瞬間全場鼓掌；接著騎士玩偶站在馬背上，表演了獅子玩偶的跳火圈，騎士玩偶旋轉跳躍的鑽進每一個小火圈，精彩極了；最後一幕則是衝上已準備好的高台，小白馬載著騎士玩偶一躍飛過好幾公尺遠的另一座高台，在數十盞棚內巨大的燈光照射下，映射出超華麗的白馬騎士背影，做出最完美的句點。

　　騎士玩偶表演完後，便接著其餘的玩偶上場表演了，回到了舞台後方的騎士玩偶對自己的表演滿意極了。騎士玩偶慢慢愛上這個地方了。

第 07 章

道別

騎士玩偶：「我在這座城市也待滿久了。」

青蛙先生玩偶：「是呀，我也正打算前往下一座城市了。」

騎士玩偶：「那我是否也該收拾收拾了。」

青蛙先生玩偶：「嗯。我等會兒去跟大伙宣布一下。」

就這樣一群人收拾了家當，準備離開這座城市了。

騎士玩偶也跟大家道了別。

「很開心認識你們。」就這樣青蛙先生玩偶又駕著馬車離開了。

而騎士玩偶跟小白馬，還有繼續在睡覺的稻草人娃娃，則往另一個方向前進，但並不是城市，而是又漫無目地的走。

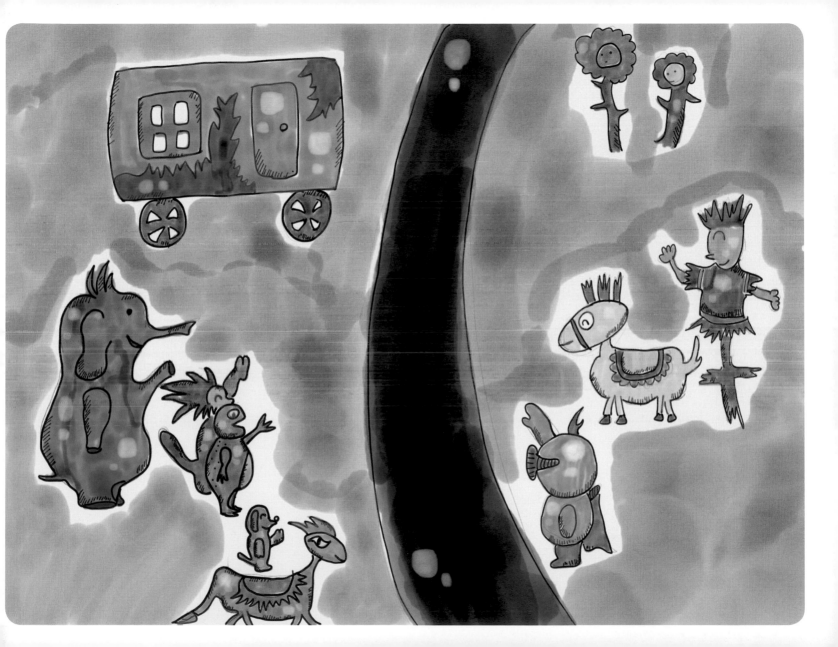

第 08 章

遇見冷酷的火焰女孩玩偶與它的同伴

騎士玩偶：「稻草人，你有看見前面怎麼有團火焰。」

稻草人娃娃：「還真的，我們走近點瞧吧。」

兩個人走近一瞧，發現這發光的火焰是一隻玩偶，而玩偶的旁邊則站著一隻大熊熊。

騎士玩偶：「小妹妹你好呀。」

火焰女孩玩偶：「嗨！你好呀，騎士玩偶。」

騎士玩偶：「你們要去哪裡呀。」

火焰女孩玩偶：「我要帶大熊熊去魔法學校上課。」

騎士玩偶：「那是什麼地方呀。」

火焰女孩玩偶：「那是一個學魔法的地方。」

騎士玩偶：「太酷了，那我可以跟你們一起去嗎？」

火焰女孩玩偶：「當然可以囉。」

騎士玩偶又遇到新伙伴了，他們正往神奇的魔法學校出發。

第 09 章
沒有主人

　　火焰女孩把騎士玩偶帶到了魔法學校後，就吩咐騎士玩偶隨便去逛逛吧，她要忙著帶大熊熊去學最新的變身術呢，就這樣騎士玩偶與火焰女孩就在這魔法學校暫別。

　　進到了大大的禮堂，今天上的是變身術，魔法導師指導著底下的小魔法學生一一練習著平常在上課時的咒語，然而平日大熊熊練習的變身術非常地認真，已經可以變大到數公尺高的攻擊型態了，火焰女孩非常地開心。到了驗收的時間，魔法導師呼喚到了大熊熊，只見大熊熊一陣翻滾到來，躍起在空中瞬間一變，巨大的影子嚇著所有人，魔法導師笑著很滿意的點

了點頭。　大熊熊過關了。　火焰女孩帶著大熊熊又去找騎士玩偶了。

　　騎士玩偶正在仔細地研究著魔法圖書館裡的魔法書，　騎士玩偶喜歡上裡面的一個疾風魔法，　這個魔法可以讓自己與小白馬在一瞬間就像是一陣風般快速移動。　正當沉迷在魔法書裡面時，　就被火焰女孩找到了。

　　火焰女孩玩偶：　「我準備要下課囉。　」

　　騎士玩偶：　「那我也該離開了，　期待下一次的見面了。　」

　　火焰女孩玩偶：　「你不是很喜歡這個地方？　」

　　騎士玩偶：　「當然，　我很喜歡，　但因為我沒主人，　是無法支付費用來學習魔法的。　」

　　火焰女孩玩偶：　「原來是這回事呀。　」

　　騎士玩偶失望地跟著離開了。

第 10 章
舊舊的工廠

　　騎士玩偶經過了一個有大大煙囪的工廠，年久失修的外觀都生鏽了，騎士玩偶好奇地和小白馬走了進去，大門經不起大風早已躺在地上許久，滿是雜草的廠區，荒涼到了極點，裡頭還有好幾隻正在尋找食物的野狗亂跑，騎士玩偶走上了歪歪斜斜的樓梯，往大煙囪的方向前進，就在這個時候，騎士玩偶看見了一間辦公室裡似乎有東西在移動著，騎士玩偶好奇地開了門，見到了一隻很古老的機器人，騎士玩偶問了老機器人：

　　「你是這裡的人嗎？」

古老的机器人

玩偶奇幻歷險記

谷場

老機器人：「是呀，我是這裡的警衛。」

老機器人：「但這邊已經荒廢掉了，所有的人都離開了，只剩下我。」

玩偶騎士：「為什麼你沒跟著走呢？」

老機器人：「我的主人把我拋棄了，只好被丟在這。」

玩偶騎士：「是呀，那你和我的遭遇是差不多的。」

玩偶騎士：「只差你沒有被載到焚燒的爐子是大幸呀。」

老機器人：「你怎麼會來到這裡呢。」

玩偶騎士：「其實我也不曉得，就與小白馬走到哪是哪吧。」

就這樣子， 老機器人帶著玩偶騎士， 爬到了玩偶騎士想要去的大煙囱上面。

　　玩偶騎士： 「 這上面的風景好美呀。 」

　　老機器人： 「 是呀， 我常常上來這邊欣賞太陽下山的。 」

　　遠遠的那方是一條很熱鬧的大馬路， 夕陽總是會經過那裡而回家， 老機器人向玩偶騎士解釋著。

　　玩偶騎士與小白馬參觀完了舊工廠， 又向沒有目的地的旅程前進囉。

第11章
海邊小漁村的祕密

　　騎士玩偶與小白馬發現雲愈來愈少了，風卻愈來愈強，遮蔽的房子變少了許多，海邊快到了，一望下去，一點也見不到盡頭在哪兒，騎士玩偶是第一次見到海洋，海原來是藍色的呀，來到了村莊的入口，見著許多漁夫正忙著修補破掉的漁網，小路上盡是漁村的人家小孩兒，在玩著躲貓貓。騎士玩偶走到了小漁村的裡邊，有一處隱密的小沙灘，金色與白色的沙子，也是騎士玩偶第一次見到的，小沙灘的這一片小海湖非常特別，四周是有點高高的小山包圍著，小海湖一直延伸到小山裡的山洞口裡邊兒。

騎士玩偶：「小白馬，咱們潛進去看看吧。」

小白馬點了點頭，便帶著騎士玩偶潛入山洞口了。

小白馬的泳技厲害，在海裡像是海豚似的，蹬著腿，快速地前進轉彎。這水清澈的不得了，像透明的玻璃般潔淨，騎士玩偶潛入後浮了出水面，一探這洞裡的究竟。

騎士玩偶：「想不到這山洞裡竟有這麼美麗的地方呀。」

又遇見一堆堆金色與白色的沙子，突然之間這些沙子慢慢的凝聚成人類的形狀了。

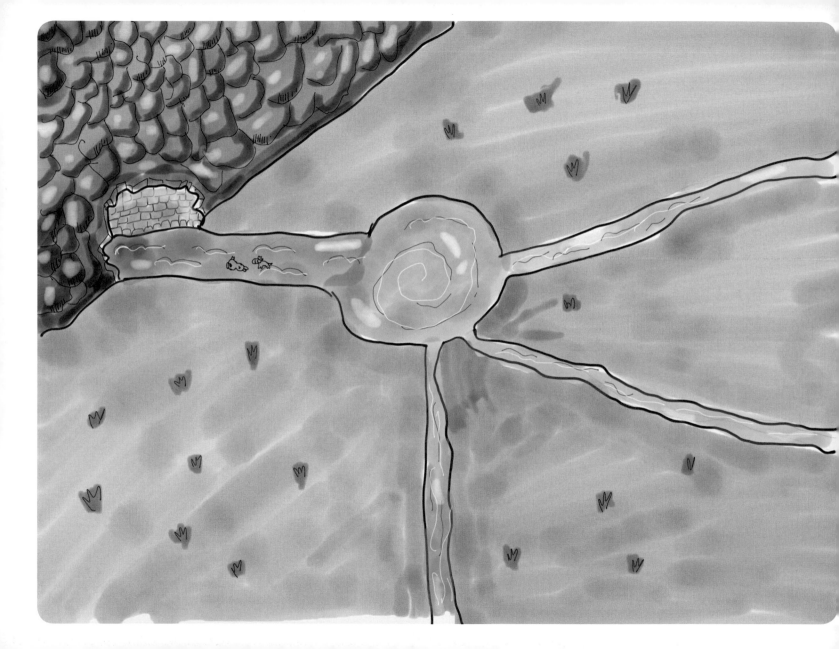

騎士玩偶見狀想與小白馬調頭就溜的同時，金色的沙子開口了。

金沙王子：「別急著離開。」

騎士玩偶：「誰在呼喚我呀？」

金沙王子自我介紹了一番，旁邊是白沙公主。

金沙王子：「我們是守護這個小漁村的金礦沙與白金礦沙。」

玩偶們見到的這些並不是一般的沙子，而是稀少的黃金礦與白金礦。

騎士玩偶：「沙子怎麼會說話呀？」

金沙王子：「祖先們害怕壞人來搶走村裡的財富，所以我們是被施了守護魔法的沙子。」

騎士玩偶：「原來如此呀，所以這個小漁村是你們守護的。」

金沙王子：「沒錯，已經在這裡守護千百年了。」

騎士玩偶：「我不會把這裡如此富有的祕密洩露的，金沙王子。」

金沙王子送給騎士玩偶一條用沙子做成的項鍊。

金沙王子：「這條項鍊在你危急的時候會將周圍的沙子施法，它們會在你有生命危險時保護你。」

騎士玩偶：「謝謝你呀，王子。」語畢，騎士玩偶與小白馬游離山洞了。

金沙王子

白沙公主

第 12 章
從天而降的力量

　　萬里無雲的天空，突然飄下了一顆小小的種子，落在森林裡的角落，就在那一剎那間，這顆種子迅速地發了芽，開了花，結了一顆顆小果實，那是力量之樹，騎士玩偶就在這時候路過了這個地方，發現了這棵樹，這一顆力量之樹就告訴騎士玩偶，在我領域出現的你，就賜你一顆力量果實吧，騎士玩偶從此後就得到了可以遨遊天際的力量，小白馬也變身成飛馬，騎士玩偶也變成了名符其實的天空騎士了呀。

　　騎士玩偶：「謝謝你呀，力量之樹。」

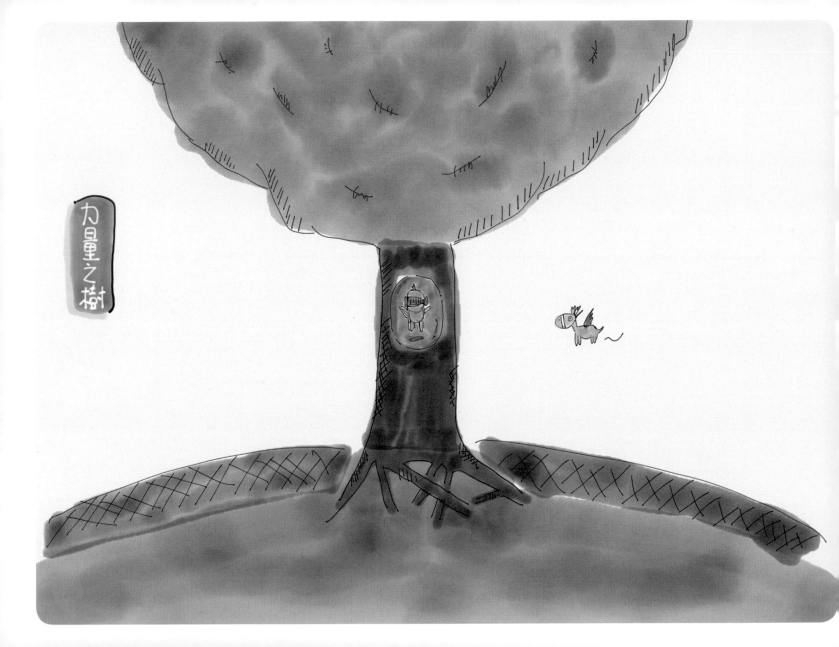

天空騎士

藍斯諾

力量之樹：「擁有力量之後記住只能助人不可以害人，否則力量會消失的。」

騎士玩偶：「明白，我會記住的。」

就在得到力量之後不久，騎士玩偶正要走出森林時，有一輛豪華的馬車被一群不知名的土匪攔了下來。

裡面的司機先生被強行押了下來，這群人正想破壞那堅硬的馬車鐵門。

就在這時候，遠遠傳來一句聲音：「離去吧，我不想傷害你們。」

所有的土匪都停下，看看四周誰在說話。

土匪的頭頭：「哪個傢伙不想活的快出來。」

正當頭頭話還沒說完，騎士玩偶瞬間衝上那近乎離開地球表面的高空，從天而降，那是一顆大火球，落在了土匪的中間，轟！一聲。這一群人瞬間被炸得四處飛散，騎士玩偶完美地降落在馬車旁邊，很輕鬆的把這群壞人打得落花流水。那是一份新的力量。騎士玩偶告知了馬車主人的來意後，便騎著小白馬往天空飛去，告別了這新力量的森林，繼續往它的航道前進了。

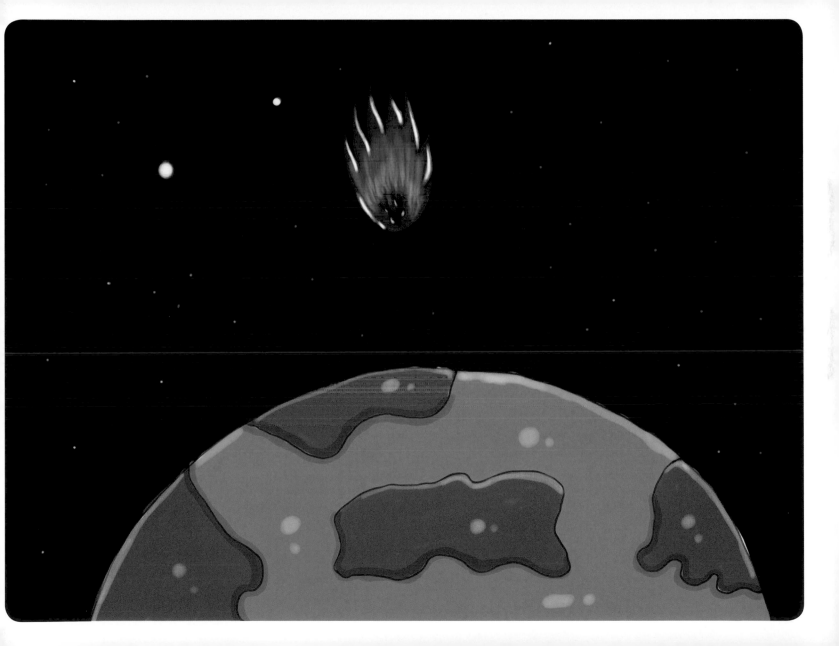

第13章
荒廢的機械城堡

　　這是一座曾經風光一時的偉大城堡，城堡的主人打造了最先進的機械城，還有最先進的機器人，只是這件事情被這個國家貪心的國王知道了，國王天真的認為，他能夠靠著城堡裡的機器人佔領整個世界。後來國王派出了大量的軍隊，把城堡裡的機器人全部押回皇宮內，也把這個城堡主人抓進了皇宮，但是城堡主人並不願意幫助國王的野心，所以被關進監獄了。

　　騎士玩偶無意間越過了機械城堡的上方，這奇形怪狀的東西，引起了騎士玩偶的注意，降落在城堡大大的中庭裡，所有的一切都是靜止的，騎士玩偶：「有沒有人在呀？」邊喊邊

走，直到一個機械狗狗回答：「這裡頭沒有半個人了。」騎士玩偶好奇的看了看機械狗狗說：「好先進的機械呀。除了你沒別人嗎？」

機械狗狗：「是呀，我們這邊的人都被國王抓走了。」

騎士玩偶：「為何呢？」

機械狗狗：「說來話長呀。」

騎士玩偶：「沒關係呀，我時間很多，你慢慢說吧。」

機械狗狗就向騎士玩偶說了整件事情的過程，騎士玩偶才曉得原來這座城堡的主人是如此的強大。

機械狗狗：「我的主人留下我躲在這城堡裡，告訴我說，等有一天，尋找能夠將他救出監獄裡的人，將會當他一輩子的僕人。」

騎士玩偶：「原來你的主人是如此可憐的人，沒問題，這件事情就交給我吧。我會把他帶回來的。」

　　騎士玩偶帶著機械狗狗與牠給的皇宮地圖，飛翔在這個國度上空，尋找可疑的地點，城堡主人可能被困住的地方。一路往河床的下游飛，穿越過了皇宮佈在森林裡的陷阱，能夠輕易通過的可說是只有得到了力量森林的果實才有辦法。就在通過森林不久，見到的是一大片的高牆，每一座高牆都可能得花好幾個晝夜才爬得完，但騎士玩偶依然不費任何一點力氣就飛越過去了，這時候發現看守在皇宮的士兵們愈來愈多了，想要靜悄悄的把城堡主人救走，可不是件簡單的事情。

　　愈往皇宮裡面尋找，突然出現了一根非常高的煙囪，原來那是一座很大的監獄，所有的獄卒都要依靠煙囪上面的升降車來進入牢房，所以那監獄是沒有屋頂的，但就算沒有屋頂，也沒有任何一個人能爬上去，因為那實在是太高了。

机械城 保主

騎士玩偶：「我要降落下去了，你可得抓緊呀。」

機械狗狗：「沒問題的。」

這時候騎士玩偶與小白馬就迅速的停在城堡主人所待的那一層牢房上面。

騎士玩偶：「機械狗狗快一點，我們要把握時間，不能讓獄卒看見，否則整座皇宮的士兵可是會全部蜂湧而來的。」

機械狗狗這時候拿出了早已特製好的牢房鑰匙，輕鬆的開了門，見到許久不見的城堡主人，開心極了。

機械狗狗：「親愛的主人，這位就是拯救幫助我們的騎士玩偶。」

騎士玩偶與城堡主人沒有多閒聊，搭上了小白馬，騎士玩偶施展了快到連獄卒都沒發現的速度，衝上了監獄白塔頂端，迅速地飛回城堡去了。

平安回到機械城堡的主人並沒有很開心，騎士玩偶回絕了這位主人當自己僕人的美意，並希望主人能夠開心一些，城堡主人：「我並不是為了當不當僕人的事情而失落。」

　　騎士玩偶：「不然是為了什麼？」

　　城堡主人：「我想念我的那群機器人們。」

　　騎士玩偶：「那要如何救他們出來？」

　　城堡主人：「你願意幫助我嗎？」

　　騎士玩偶：「我都把你救出來了，你說呢？」

　　城堡主人：「那我們必須神不知鬼不覺得進行，我們是打不贏皇宮裡大批軍隊的。」

　　騎士玩偶：「那你把計畫告訴我吧。」

　　就這樣城堡主人告訴騎士玩偶他計畫了數十年的奪還機器人計畫。大夥們便開始分頭進行。

城堡主人說：「那批機器人被藏在監獄白塔的最下層， 能夠穿越陷阱的人是少之又少。 但我想也只有騎士玩偶的飛行技術能辦得到。 在監獄白塔的底層， 留了一個逃生通道， 我在監獄的這時段間， 已經將白塔的通道繪在這張紙上了。 」

城堡主人：「 我與機械狗狗會在逃生通道的出口等你們。 」

就這樣騎士玩偶又再一次的往監獄白塔的方向前進。

在這監獄白塔的上方， 騎士玩偶利用快速空氣的流動， 將自己與小白馬隱身起來， 化成一朵似乎是雲的氣體， 那唯有得到天空騎士飛行力量才可以辦得到。 就在這時候， 騎士玩偶咻的一聲衝往那群機器人所在的地方， 首先遇到的是數也數不清的大斧頭， 但比速度， 這些大斧移動的速度在騎士玩偶眼裡看到的是一堆慢動作， 騎士玩偶輕而易舉的閃避。 再接下來， 是

充滿能瞬間把人砍成兩半的雷射光柱，成千上百條，但對已經化為一朵雲的騎士玩偶來說，根本擋不住。最後一關是空浮詭雷，每一個有溫度感應的詭雷會在任何一個有生命體溫的物體靠近時連鎖引爆，只是這些在騎士玩偶的速度為王之下，詭雷尚未發覺有人入侵時，騎士玩偶早已穿透了。

千辛萬苦的通過難關後，騎士玩偶帶著這一群機器人逃往出口通道，讓城堡主人帶著他們回機械城堡。

而就在擔心敵人追趕而至的同時，機械城堡啟動了，原來這是一座會飛的城堡，主人滿懷感激的向騎士玩偶道謝後，帶著滿足與感恩的心情離開了這貪心的國度。而騎士玩偶也與城堡主人道別繼續往自己的航道前進了。

加油吧！

第 14 章

（終）尋找星星

騎士玩偶與小白馬這一路上遇見了太多的奇幻冒險。

這一天騎士玩偶仰望著夜晚的天空，發現許多星星，每一顆星星都代表著一個新世界，他想去看看。心裡面這麼思考著。

騎士玩偶再次回到了機械城堡，詢問了城堡主人是否有這麼一艘可以穿越太空的飛船？

幸運的是城堡主人還留有那麼唯一的一艘太空船，那是很久很久之前打造的了。

騎士玩偶帶上可以操控太空船的機器人，離開了冒險許久的星球。騎士玩偶不清楚自己的壽命到底有多久，只能盡情的從那浩瀚無垠的暗黑宇宙尋找屬於自己存在的意義吧。

玩偶奇幻歷險記

汗！

棒的好

抱

和平

Go! Go! Go!

非常感謝

人生

Hi! 你好

晚安 我累了

餓我了

上課中

賣血了

忙了一天

母親節快樂

OK!

超工中

冰的啦

哈哈嗯⋯

非常棒

辛苦了

沒問題

哈!忘了

閉屁中

不客氣

有累了

加油啦!

揍了

甜蜜的負擔

拜託你囉

釘孤

無所謂⋯

端午佳節快樂

路上小心

？？

歡迎你

你可以滾了

休假模式啟動

玩偶奇幻歷險記

作　　　者　陳昱達

校　　　對　陳昱達

專案主編　林孟侃

出版經紀　徐錦淳、林榮威、吳適意、林孟侃、陳逸儒、蔡晴如

設計創意　張禮南、何佳諠

經銷推廣　李莉吟、莊博亞、劉育姍、李如玉

營運管理　張輝潭、林金郎、曾千熏、黃姿虹、黃麗穎

發行人　張輝潭

出版發行　白象文化事業有限公司

　　　　　402 台中市南區美村路二段 392 號

　　　　　出版、購書專線：（04）2265-2939

　　　　　傳真：（04）2265-1171

印　　　刷　基盛印刷工場

初版一刷　2016 年 12 月

定　　　價　500 元

國家圖書館出版品預行編目資料

玩偶奇幻歷險記／陳昱達著. -- 初版.-- 臺中市：
白象文化，2016.12
　　　面：　公分. ──
ISBN 978-986-358-438-4（精裝）

859.6　　　　　　　　　　　　105020519

白象文化
www.ElephantWhite.com.tw

印書小舖
PressStore 出版觀記

出版 · 經銷 · 宣傳 · 設計

自費出版的領導者

購書 白象文化生活館